LA ORUGA MUY HAMBRIENTA

Eric Carle

PHILOMEL BOOKS

Revised Spanish-language edition copyright © 1994 by Eric Carle Corporation.
All rights reserved. This book , or parts thereof, may not be reproduced in any
form without written permission from the publisher.
Philomel Books, a division of Penguin Putnam Books
for Young Readers, 345 Hudson Street, New York, NY 10014.
Philomel Books, Reg. U. S. Pat. & Tm. Off.
Originally published in the English languag in 1969 by The
World Publishing Company, Cleveland and New York.
Published simultaneously in Canada. Printed and bound in China.
Translated by Aida E. Marcuse.
ISBN 0-399-22780-6
Cataloging-in-Publication Data on file with the
Library of Congress and available on request.
20 19 18 17 16 15
Revised Spanish-language Edition

A mi hermana Christa

Al claro de luna reposa
un huevecillo
sobre una hoja.

Un domingo de mañana, apenas salió el tibio sol, del huevo salió una oruga diminuta y muy hambrienta.

Enseguida empezó
a buscar comida.

El jueves
comió, comió,
y atravesó
cuatro fresas,
pero aún seguía
hambrienta.

On Saturday he ate through one piece of chocolate cake, one ice-cream cone, one pickle, one slice of Swiss cheese, one slice of salami,

El viernes
comió, comió,
y atravesó
cinco naranjas,
pero aún seguía
hambrienta.

El sábado
comió, comió, y atravesó
un bizcocho de chocolate,
un helado, un pepinillo, un trozo de queso suizo, una rodaja de salame,

una paleta, un pastel de cerezas, una salchicha, un pastelito y una tajada de sandía.

¡Esa noche, tuvo un tremendo dolor de estómago!

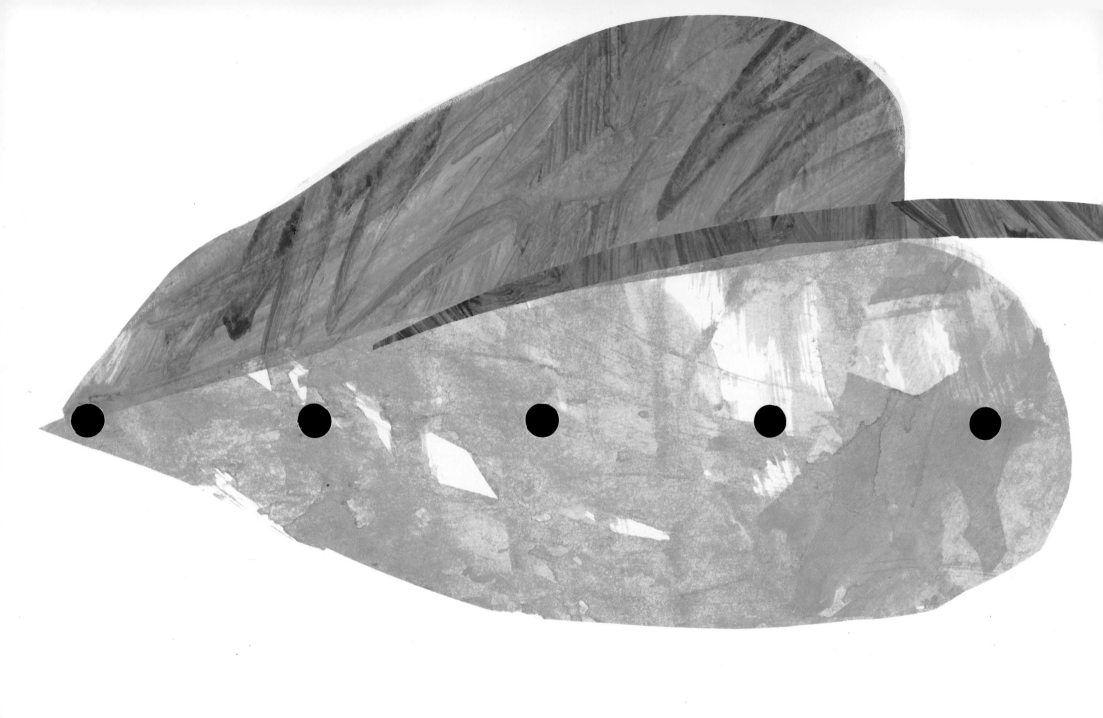

Al día siguiente
era domingo otra vez.
La oruga comió una
hermosa hoja bien
verde, y se sintió
mucho mejor.

Ya no tenía hambre, ni era una pequeña oruga.
¡Ahora era una oruga grande y gorda!

Construyó una casita a su alrededor—un capullo—y se encerró en ella por más de dos semanas. Un día hizo un agujero en el capullo, empujó un poco para salir y…

¡se encontró convertida
en una bellísima mariposa!

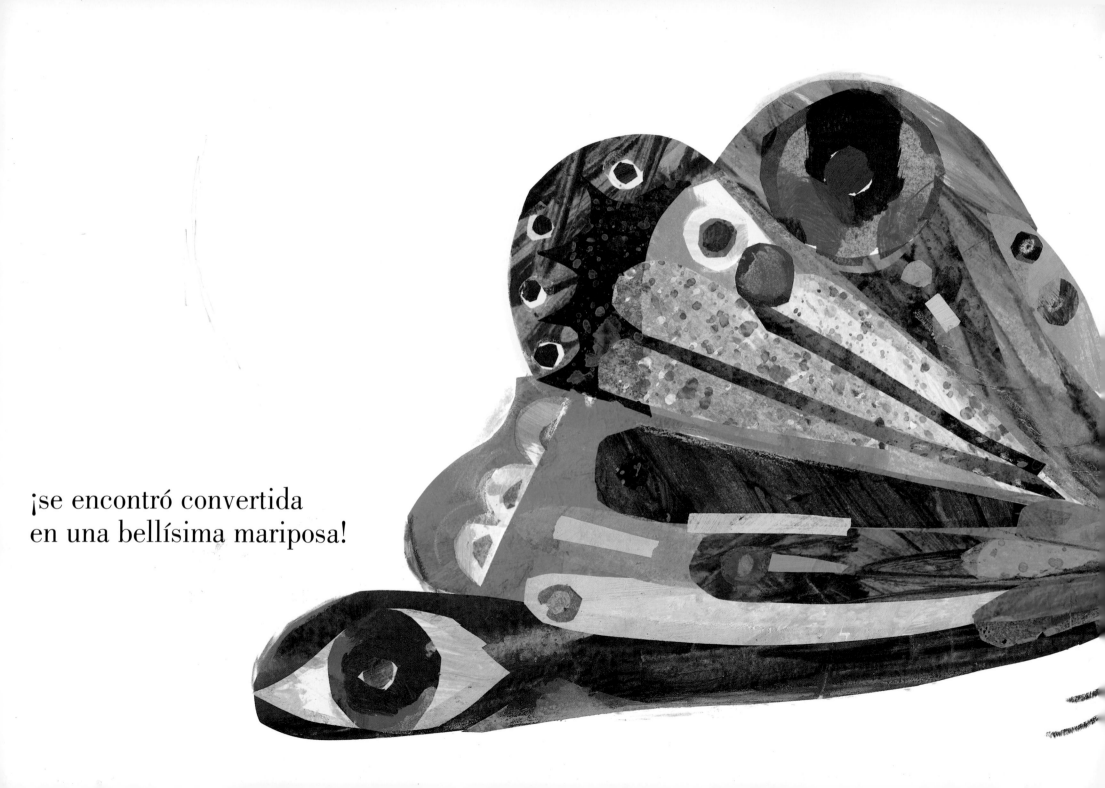

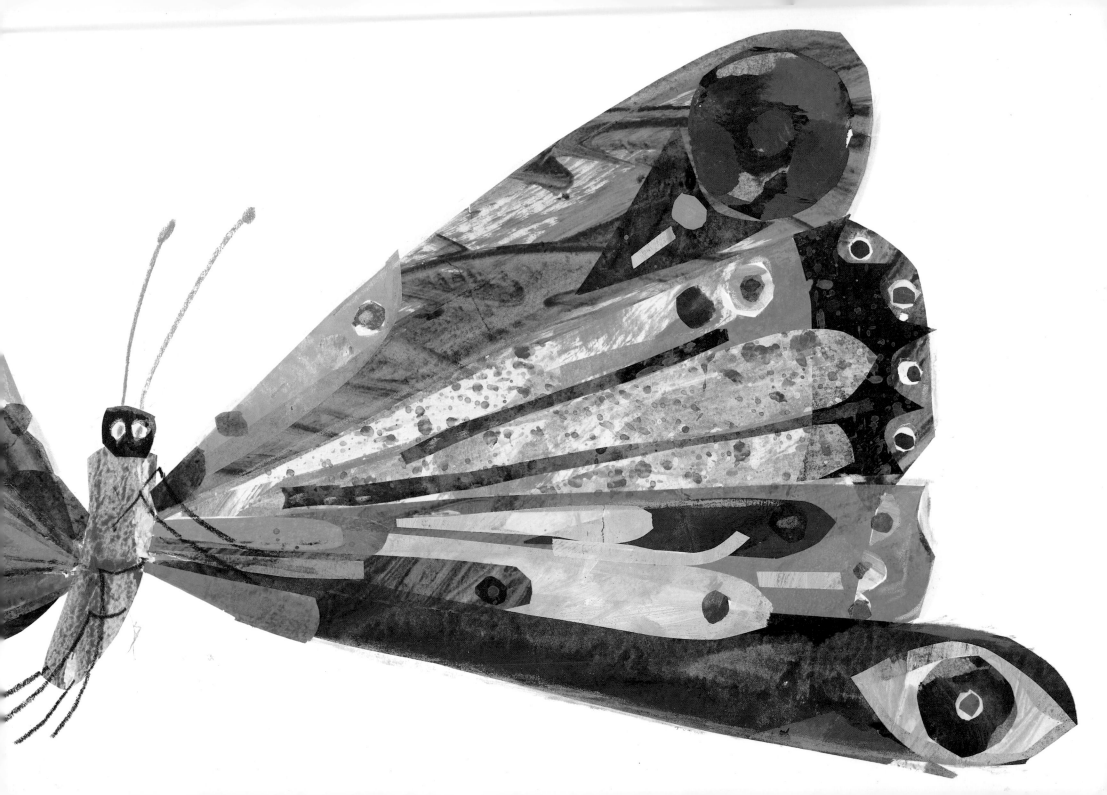